晋军新方阵·第五辑

周广学 著

掩藏着鸟鸣

山西出版传媒集团

北岳文艺出版社·大原

图书在版编目（CIP）数据

掩藏着鸟鸣 / 周广学著 . —太原：北岳文艺出版社，2017.12
ISBN 978-7-5378-5523-5

Ⅰ．①掩… Ⅱ．①周… Ⅲ．①诗集－中国－当代
Ⅳ．① I227

中国版本图书馆 CIP 数据核字（2017）第 323050 号

书　　名：掩藏着鸟鸣
著　　者：周广学
责任编辑：吴国蓉
书籍设计：张永文
印装监制：巩　璠

————

出版发行：山西出版传媒集团・北岳文艺出版社
地　　址：山西省太原市并州南路 57 号
邮　　编：030012
电　　话：0351-5628696（发行部）
　　　　　0351-5628688（总编室）
传　　真：0351-5628680
网　　址：http://www.bywy.com
E - mail：bywycbs @ 163.com
经 销 商：新华书店
印刷装订：山西人民印刷有限责任公司

————

开　　本：890mm×1240mm　　1/32
字　　数：208 千字
印　　张：7.875
版　　次：2017 年 12 月第 1 版
印　　次：2018 年 6 月山西第 1 次印刷
书　　号：ISBN 978-7-5378-5523-5
定　　价：32.00 元

周广学，女，山西屯留人，现居山西晋城。系山西省作家协会会员、中国诗歌学会会员、晋城市作家协会副主席。诗歌见于《诗刊》《诗歌月刊》《诗选刊》《诗探索》《星星》《中国诗人》等全国各地报刊，入选《中国年度诗歌》等多种年度选本和其他诗歌选集。曾获多种诗歌奖项。出版有诗集《含泪的花期》《周广学诗歌精选》《零的抑扬顿挫》。

总 序

张锐锋

　　《晋军新方阵·第五辑》要出版了。这是山西中青年作家作品的又一次集中展示，无论是新方阵的阵容以及题材、体裁，还是作家年龄的层次结构，都充分体现了山西作家绵延不绝的创造力和几乎在各种文学体裁方面的开拓力。

　　这套丛书已经出版了四辑，这是第五辑。每一次从征稿到按照程序评审遴选，我们都是怀着既兴奋又担忧的复杂心情。兴奋的是，我们又要出版一套丛书，并集中检验作家们近年来辛勤劳作的成果，对将要出版的作品充满了期待。但也有一定的担忧，那就是，已经编选了几辑之后，是不是已经难以为继，还能不能选出质量上乘的优秀之作，我们的作家是否还有足够的潜能和上升的空间？事实上，从每年的编选情况看来，这一担忧似乎是多余的，作家们源源不绝的创作，不断为我们带来意外惊喜。

　　就本辑丛书而言，既有我们熟悉的、已经具有一定知名度的作家，也出现了许多新面孔。说明我们的事业薪火相传，新秀迭出，佳作泉涌。尤其是在创作形式上，出现了几个明显的特点：先锋性与传统性创作并驾齐驱，各种文学门类花枝繁盛。山西是一个具有深厚文化土壤的省域，不仅在历史上产生了众多风格各异的文学家，也在现当代文学史上产生了具有重要影响的作家，尤其是以赵树理为代表的"山药蛋派"，开创了独特的、可读性极强、传播力极大的以农村小说为主的现实主义流派，继之，20 世纪 80 年代的"晋军崛起"，又一次成为全国文坛的强光点。值得欣慰的是，今天的山西文学创作，已经呈现出多元并起的文学景观——小说、报告文学、散文和诗歌，以及其他文学体裁的创作，多边突进，打破了小说创作一枝独秀的格局，形成了门类齐备、梯队合理、结构完整、协调有序、面向未来的新局面。其中，一些具有先锋倾向的探索性作品登场亮相，反映了部分作家具有理想主义色彩的新追求、新探索，为现实主义主流创作添写了变奏曲。

俄罗斯作家茨维塔耶娃在一篇文章中谈道："普希金是黑人"。这不仅是因为普希金有着黑人的血统，有着"比钢琴还黑"的眼睛，更重要的是，茨维塔耶娃眼中纪念碑上的普希金发黑的青铜塑像，是"各种血液汇合的纪念像"，"最遥远的而且似乎是最不能汇合的灵魂的交融的活生生的纪念像"，"站立在锁链中间的普希金，他的基座被石墩子和锁链环绕……是为挣脱锁链站立起来的普希金树立的纪念像"，其有着非凡的象征意义。我们感到，眼前的这套晋军新方阵丛书，同样是一个汇合了各种血液和不同灵魂的纪念像，对于山西文学创作来说，同样具有不同寻常的象征意义。它意味着历史传统与现实境遇、才华与潜质、生活积累量与个体创造力，也意味着山西文学氛围的浓郁、创作活跃度的提升和创造力的不断增强，同时也寄寓了文学的无限希望。我们相信，山西文坛将更加兴盛，山西文学创作必将用事实说明，它不仅有光辉的过去，也会有光辉的未来！

2017 年 12 月 25 日

确切地写诗

（自 序）

当我站在某种峰顶，或坐于某个核心，那一刻，我拥有了"道"。那时候，我便开始写诗了。

老子说："道生一，一生二，二生三，三生万物。"诗也如此。

诗是"一"，即一个整体；而诗的展开，需要我与"寂静"二者对话，此为"二"；对话产生语言，此为"三"。诗的语言富有张力，虽言有尽，却意无穷，遂生成"万物"，呈现为诗的文本。

我必得在苦痛与苦思，间或是孩童般滚动的欢喜中，才能走到那峰顶或核心。

在那里，我本不愿说什么，但又不得不说。我本无知，却被无形的力量推动着。我竭尽全力去抵达真理。我的语言经历了磨砺，我依靠顽强的意志绵延我的句子。

但是，到了某个时刻，我仍然停了下来，不再说什么。仍然有一些东西被忍住了。我就这样把一首诗写完了。

几乎每一首诗写完之后，我都会流出泪来。不是因为哀和乐，而是因为我表达了真实。于是，我告诉自己，这首诗，我真的完成了！

我并不在"道"中，只是不断地进入"道"。感谢神的引领。

我本是孩子，却成了诗人。感谢伟大的汉语。

如今，一首首诗歌辑成集子，我除了欣慰之外，又看见了人生在世的大光明。因为我更加明白了自己努力的方向：去每一首诗中受难，洞见宇宙的神秘和光彩！

2017 年 12 月 5 日

目录

辑一 群落

003　在林间（组诗）

016　空气向着你的方向轻轻地震颤（组诗）

025　最高的乐趣（组诗）

034　这样的丽景配以这样的清寒（组诗）

036　灵石行（组诗）

041　大地的姿势

045　永别

050　怀念

052　生命中有更美好的（组诗）

062　短章（组诗）

辑二 交织

069　第一千零一个

071　微笑

072　幻觉

073　琴

074　我生为零

075　大箕行

076　大地上的灰色

077　水声在深山的寂静里

079　如果你能以孩子的赤诚说出……

080　一日闲

081　有一些隐秘的幸福

083　我要歌唱，而不是叹息

084　诗心

085　无题

086　我把自己放在深谷

088　一次次……

089　否定

090　初秋的雨

091　伤

092　我渴望上升或纵深

094　方向

095　迷惘

096　路

097　建筑如此精美

099　美女在深处

100　老粗布里住上了裹子

101　一个符号，一枚箭

103　正午

104　我说的是"鲜活"这个词

106　山村

107　到王庄

109　中秋节

111　在上海

113　仿佛

115　在玻璃制品公司目睹一只花瓶的制作过程

117　到上伏村

118　大年初一

119　让目光带着梦的遥想

121　床单上的印花：绿苹果

122　深秋的杨树林

124　初识石家庄

126　一个坐着的人

127　在画上遇见了灵魂

128　痛苦

130　忆洞头

132　隐秘与绽放

134　瑜乔琴瑟居

135　诗歌的包裹

137　阳光，阳光！

139　河水一波波地流

140　贯穿山西

142　到仙堂山

144　冬天的傍晚

146　欣月童话

148　红纱灯

149　　照镜子

151　　秋

153　　冬日的山地果园

155　　风筝在春天

157　　时间在六七月之交

159　　贾寨村三教堂古戏台畅想

辑三　情宴

163　　我的诗歌里，常有的那种……

165　　我爱高山也爱大海

167　　吃饭。睡觉。欢声笑语……

168　　爱情假装在前面……

169　　明媚

171　　雪天

172　　一生中的我与你，委曲深挚的"简"

174　　你的无语……

175　　夜里，你明亮的身影

177　　对话

178　　那时候，独自垂泪

180　　抒怀

182　　飘忽于脑际的意象

184　　把"您"字去掉"心"

186　　三重房间

187　　你说的是……

188　　在这样的时候

190 旅途

192 让上帝告诉它

193 忧郁的诗人

195 那从未到来的

196 你宽阔的额头亮在高处

198 孤独的小

199 缘

200 零就是湖泊

201 看见你，我就珠泪莹莹

203 身为你的妻子

205 甜蜜

207 宁可让眼泪流成地下河

208 无题

209 这一声"哥哥"的辗转

210 一道云影的遮蔽，让我领悟到广袤的天空

211 我向黑夜反复倾吐一个名字

212 初春

215 把脚印踩进你的脚印

216 透明的花

218 寂寞

219 檐雨

220 让我从痛苦中抬起目光

221 孤独的灯

222 豪迈的生活

223 仅此应使我欣慰了

224   诗歌是永恒的火焰

226   离开自己很远了

227   我本是……

228   苹果树

229   两座心室

231   角度

233   单独是随时的

235   空洞

辑一　群落

在林间（组诗）

绿

1

自树梢，斜斜地漏下红色的霞光

叶丛里层层叠叠，掩藏着鸟鸣……

2

我提着篮子

来到屋子后面一处崖岸上

用镰刀轻轻，将崖壁上那榆树的枝条

钩过来

深绿的榆叶沙沙作响

淡绿的榆钱儿，闪着一串串阳光

橙

1

遥念你的名字，我的眼里涌起秋意

你是我流落人间的珠贝
你是我仰望的圣人

晶莹。真切。绝对

你是我今生的一个梦
你是我深处永久的疼痛

2

站在黄昏诗意朦胧的门口，你耐心地等着我……

街市上华灯初上，车马尚未停下它们的喧哗

你高高地站着，铺展开你那宽广的微笑

覆盖了这一切。像一块温厚华美的毯子

一直铺展到我远远赶来的

轻快跳跃的脚步之下……

青

1

我已经离不开植物，就连系着围裙在灶间忙碌的时候

也不能不时时地停下来，将目光望向窗外

夏季，三白叶在畦里一日比一日茂盛

柳树保持着袅娜的身姿，让风路过时

韵味无穷。它们一起陶醉

只是那一盘，长满冬青和各色花卉的

花坛，在去年秋季的某一日

突然没了踪影……

2

我爱树胜过爱花。我追问自己，这是为什么？
是否树更为质朴，单纯，健壮，更为野性？
一天夜里，我散步到植物园
朦胧的灯光下，望着一棵大树的树冠伫立良久
……它浓厚的沉默有着说不尽的味儿

3

当我被一些嫩枝弱叶牵住裤脚
我几乎要被绊倒——
是月季！它暗红的花瓣
流露出女性般的愁容
如此哀怨，难道花
是植物世界里的第二性？

赤

1

孩子，你是我的空地上长起的
一棵奇异的树，连叶片也是彩色的

因为你的到来，我把四面的窗户全部打开
让阳光和清爽的风，一起涌进来
而窗外的绿树们，也把它们好奇的枝条
探上窗棂。它们纷纷向里窥望着

一时间，我们亮堂堂的屋子
挂满绿色的眼睛

2

孩子，你转动着你的小日子

小蜗牛你把它带回来了
小汽车你把它拆散了
——看！七零八落的那一些
还在快乐地喘息呢

那一双活泼的小手啊
创造着你的小世界

3

这几天，天老是黑着
四垂的夜幕上，只透进零散的星光
它们东也怜惜着，西也心疼着

那个调皮的小身影，她丝线一样
不易被察觉的敏锐触摸
把毁坏的甜蜜气息带到哪里去了？

4

带花边儿的漂亮衣裙，配上你娇嫩俏丽的脸蛋
真是一幅完美的杰作。但是爱神在一旁说：
"她还在四季之外。"

爱神说了吗？孩子，我不相信我已经听见
在我迷惑的瞬间，爱神将你
从我的膝上，怀里，悄悄带走

她要把你的手磨成一支画笔
不管我的眼泪怎样涌流
她要依着遥远的未来的样子

黄

1

我对骄狂的人群视而不见，关注这里那里的植物
紫薇，它们细碎的花瓣，摇动着一串串的小铃铛
雪松，在清晨和傍晚的绿塔里，点起一盏盏小灯笼
青草们呢，有一些似乎被踩坏了，当你这样想时
它们发出了自己的声音，令你大吃一惊

有时我乘车行进在公路上，广袤的田野和森林
旋转着美好而从容的仪式，迎我，送我
——而寒冬过后，几乎每个盛大的春天
都是那样震撼了我

2

十字路口的一只苹果，雪地上的一只手套

这些裂缝间的呼吸，低而柔

那天，是谁把一个拉二胡的盲人
遗落在景区门口？他坐在地上
拉得专注。破败的瓷茶缸
聚集起小额的纸币和硬币

值多少钱啊，这丝丝缕缕婉转起伏的音乐？
我投了相当于景区门票的钱——五元纸币在里面
他停下活儿，深深地向我鞠了一躬

这是什么样的大礼啊
一路上，我混浊的泪水流了又流……

3

那些为欲望而变形的人，起初我总是怜悯他们
为了不让他们的暗箭指向我，我隐身在林间

把慈柔的岚霭像纱缦一样
遥遥地递过去，缭绕着他们

但是，当他们谈到诗人
——深居简出或凌空高蹈的诗人时
他们对诗人的鄙薄，那种种聒噪
使我的心由忧伤慢慢转向愤怒
一团火自内向外，一层层地燃烧着
我怕整座森林都要被点燃了

蓝

1

少小时候的家，形而上地跟随着我
如果我停住，坐下，把工作放在一旁
它就围拢了我

母亲不停地劳作——那白菜萝卜，那棉花
父亲的耕耘，以笔和锄

朴拙的温暖一次又一次
絮满我的坐垫，构织我的天象

2

纯洁，你给了我
敦厚，你也给了我
神啊！感谢你赐予我这样两座心室

世俗否定我，你仍肯定我
一条艰险的路，我走过来了

如今我能够确认：
如果写作是我的一根扁担
它们就是被挑在两端的——

它们是我灵魂飞翔时携带的两只花篮

3

没有凸出。没有凹陷。
没有火与冰。它们跃跃欲试
它们准备好了：蓬蓬勃勃

在童心与宗教之间
根扎入大地，然后：生长

紫

1

有一天我看见了西天的画面
灿烂的云霞簇拥出一个壮阔的背景
那颗红艳艳的太阳，它的圆
胜过一切的圆

它从一个山头降下去了
但它并未降下去
它从另一个山头降下去了
它仍未降下去

不是我追着它滴血地呼喊
是它久久地，久久地，疼着人间

2

我清纯的呼吸将长久地绵延
不管荆棘给我多少刺
石子给我多少磨砺和血痕

我将在最后的花丛里无声地说出：
看！爱开出了最美的花朵

空气向着你的方向轻轻地震颤（组诗）

我担心会有那么一天

已经很近了
我担心会有那么一天

因为那于我是一种仰望
——高远的星图是你心灵的
神秘记录。——所以大地将
孤单者，倾斜在危机四伏的夜

可是眼下，最单纯的真理
写在你辽阔的原野——

它的青草青翠欲滴
无限地萌生，蔓延
又在风中起伏，荡漾

它这样逼近了我

尽管我只是一颗小小的沙粒

也已经产生呼吸……

面对面

我的嘴唇吐露一些字句

追随着你。粒粒珠玑

溅落满地

这是个不恰当的

时刻。要在各自的内心

包藏秘密

阳光从窗外

斜射进来。落在我的

膝盖上。你很坦然

我却显得离奇

啊，一些又一些

缥缈的音乐

藤蔓一样，将我牵扯进

易碎的月光里

那种暗中传送的力量

穿过漆黑的隧道，那词语里暗含的声音

拱破坚硬的地壳，那声音里携带的词语

那种暗中传送的力量，锐利的箭矢

准确无误，我心中郁结的饥渴被射中

一粒种子被埋下，一朵花蕾

微微颤动。……那来自

远方的光芒和地心的火焰

被我红彤彤地，一再紧握

但它们不会过多地停留。它们将

沿着我的血液绽放，高贵如牡丹

沿着我的骨骼升高，参天如古木

泪水是贫穷的

无可挽回的坠落

泪水是贫穷的

摇曳——闪光

女妖只是一瞬。荡漾

在你君王的

眼睛和意念里

只是一瞬

事物有自己的

线索。尽管一次次

惊心地停顿

却是无可挽回的

坠落

疼痛。慢慢地

渗入泥土。封存于

永久的黑暗

这是一个"0"的经历

一种被关闭的思念

不是思念……

我期待着这样一个时刻

我期待着这样一个时刻

远方的园林将它

繁复细致的花纹移到我面前

一只美丽的豹子在里面

轻轻撕咬着自己的尾巴

人类最天真的语言

被我说出——

"让我嫁给你吧？"
尽管已带了弯曲的问号
或者，还要加一圈
染着夕阳红的篱笆：
"只这一刻。"

我已经很大胆但还是
暴露出天性中的
小心翼翼……
而我期待着

这样的幸福延伸着

这样的幸福延伸着
河水一样潺潺，流岚一样
缭绕于山间……

当我抱怨你不能够想着我

你从别的事物中

抬起头来——这我已经看见

你否认再三，像三股小风

吹开我脸上锁住的玫瑰

我保留的天真有着少女的颜色

沿着电话线染到你那边

你那些秘境明亮起来

一扇扇地敞开窗户，我深深知足

我像个小小的驴儿望进去

感到世界上到处是青青的草

走出屋子，被蓝蓝的天空照耀

这天空下也有你的那间屋子的

到夜里，它将亮起柔柔的灯盏

我抑制不住地说出声来：想你，想你……

空气向着你的方向轻轻地震颤

这样的幸福延伸着

会一直延伸到邈远

洁白的季节在延伸

洁白的季节在延伸

带来微小的喜悦

使寂静更加寂静

我坐在温暖的屋里读书

一所房子，藏在

文字黑色的林木之后

在飞飞扬扬的雪中

它尤为纯粹

以一种执意的等待

填补书中

缺少的一条消息

这时候，你戴着一头
季节的羽毛，出现了

事物烦乱的头绪
已经放开它们的手
你怀揣一卷童话
走进我的镜头

在门前你跺跺脚
用手轻轻告别头顶的护送者
脚下湿了一小片
（是一只小兔子的模样）

这情形颇似
那天初雪
我心灰意冷
走回自己的屋子

最高的乐趣（组诗）

让我从你们中间疾步走过

小小的，你们不要在这里闪烁
我所抵达的是明天的光芒

你们这些鳞片的喜悦
波浪的拥挤
止不住的言说
请等一等

——谢谢你们给我的温暖
可是我怀着一颗殷切的心
我的额头迎向远方
请让我从你们中间疾步走过

幸福

我的脚步留在了地上

屋里屋外——简单的循环将时光拉长

吃粗茶淡饭。听微风在花瓣间呢喃
阴柔的树荫，缓慢转动着四面八方

感谢神的提醒：后退一步
当人群那欲望的气球碎裂在天空
我这里剩下了澄明的空气
剩下了大地与山川的花纹

提前到来的傍晚显得悠长
我在河边漫步。消隐了爱
我在爱之后捧着爱
当我抬头瞩望远方
夕阳的余晖，宁静而辉煌

最高的乐趣

"不要在逼近真实的地方停止不前"
最高的乐趣
就是站在零的位置，而倾向于比零大
就是张开嘴巴，让真理自然而然地流溢出来

就是站在寂静里
画出花朵层层叠叠的瓣儿
让它们在阳光下微笑
在微风中倾斜

就是用自己的眼睛看见
山的峥嵘，水的动荡

快乐

清晨我赶着马车往树林里去

一路上遇见的是一片片沉静的阳光

和一缕缕调皮的微风

到了那里，这个鸟儿叽叽，那个鸟儿喳喳

它们纷纷向我问候

我准备好笑脸，又准备好耳朵

一场音乐会随即开始啦——

诗本身

爱诗写诗并发表

一些"首次"，让我像过年

譬如前年，一组爱情诗刊在《诗刊》

——七色鲜花自我心头怒放

我另有童年

譬如去年，我是怎样走进

"春天送你一首诗"活动现场的？

——双脚卷起阳光

不仅仅草儿青了，露珠滚落两旁

今年，我有诗登上《诗探索》

露出探索的——

啊我也有锋芒！

有时候"谢谢"并不是"谢谢"

有时候"谢谢"并不是"谢谢"

它像一面冰冷的镜子

映照出你灵魂的瑕疵

无谓的祝福，苍白的仁慈

你应该感到害羞

你没有坚实的内心

啊，如果一声"谢谢"

并不是"谢谢"

它对你也不构成伤害

它只是一种提醒，甚至提携

因为有一种真切

大于世界的真切

那正是他苦难的源泉

你要模仿那超拔的境界

黑白照片

黑白的意义在于忽略色彩

在于引领你回退

那被树的烟雾笼罩的村庄

那弯弯曲曲延伸得很远的土路

两边的田野，因为广大

而显得模糊

我穿着花布衫，背着布书包
停步在多年前的画面里
我的眼睛里灌注着
即使在风中
也不会有太多浪漫和飘动的世界

一半，与另一半
黑与白，深深浅浅相互咬合
石头与泥土，房屋与植物
刚柔相济

就像我的灵魂
朴素，静默
引领我拂开红尘
一丝一缕，梳理活着的理由

日常生活

温馨的橘子

散落在餐桌上

眨着一瓣又一瓣的眼

院子里，街市上

浓郁的花香弥漫

风，斜斜地传递着

心灵的储藏室

长出碧绿的叶片

虚线与实线

一只脚

飞起一只球

一只球的旋转

迷倒一片人

他们看见七彩闪烁

他们的欢呼

需要一个皇帝

正如一支笔

描出一片海

一片海

碧波荡漾

举起一轮红日

红日正在努力——

缓缓升温——

它需要取暖的人类

这样的丽景配以这样的清寒（组诗）

此岸

极细极小的飞雪，在灯光下亮晶晶的
我浓密的头发上沾有它们尖锐的冰凉

它们在整齐的冬青上早已留下一团团的白
而柳条和桃枝更黑了，湿漉漉的

脚下，拼贴的石板路上
停泊着凝立的我

雪，边下边给了我水的汪洋

彼岸

那是初春的花吗？
彼岸，那一排橘黄色的
落入幽暗的河水里

虚的有些朦胧，实的更为明媚

沿着弯曲的河岸

它们对称着，蜿蜒成两行

核心

那声音，那温馨，那微笑中的一切

有没有变得生涩起来？

这么久了

这么久了，你能不能从另一个方向

结出一个果实的我？

我送出去的缠绵

一次次退回到自身的静默里

又一次次向远方荡漾

灵石行（组诗）

王家大院十四行

在王家大院
你被浸在它的波涛里

它的一座座城堡
和堡内一座座小院
布列越是有序
元素越是众多
你越被冲击

它的窑上楼它的家训
它的木雕砖雕石雕
都收纳了往日的雷电
含有你抵挡不住的威力

你俯首，仰面，探头，后顾

你扶住栏杆斜倚照壁
你因被控制而欢喜

爱情谷

树荫掩映着溪流
溪流冲刷着石头
这就是爱情的所在了吧

不是的！
还必须把这些放在幽谷里

——浪漫再进一步是温馨
温馨再进一步是幽邃
幽邃再进一步是

以沉陷抵抗沉沦
以弯曲而成天地

石膏山

石膏山

上岩中岩下岩

各岩皆生溶洞

洞中皆藏寺

佛和菩萨和罗汉

住在寺里面

山崖边

小路和石阶

上攀下折

蜿蜿蜒蜒

将寺与寺相连

走在小路上

满山都睁着绿叶羡慕的眼

空气筛了一遍又一遍

踏在石阶上

我的脚步敲着鼓点

——前面又是一座

色彩斑斓的寺院

红崖峡谷

幽，秀，奇，雄

这几个字我将它们装在口袋里好吗？

这样我就把红崖峡谷带回家了

游灵石山水

与其说我以膝盖里的积液

去对抗灵石那一级一级抬高的山路

毋宁说灵石给了我两扇翅膀

左边那扇叫碧树，右边那扇叫绿水

它们沿着山坡铺展，折叠

沿着沟壑旋转，腾挪

以至于鸟儿向我鸣唳

林间跑过洁白的狐

风从耳边温柔地掠过

万物恬淡的呼吸

轻轻携带着我

我爱什么，什么就爱我

当我抵达太岳最高峰

那块标志性的巨石

和它脚下的苍茫草甸

齐声对我歌吟：

　"一切都乐于让你超过

　人世间，哪还有筋骨在撕扯"

大地的姿势

0

雪下白了茫茫大地
又被踩上黑色的脚窝

1

这是我未曾料到的
我这样低

当我还是一个少女
我像一棵树长高了
我有窈窕的身体，亭亭玉立

我未曾料到这是我致命的美
某一天，你将我放倒
你的动作，轻柔是假的
我惊恐的目光，划出一道眩晕的弧线

我，低至大地——

2

那时，我的身体不可压抑地发育
我一阵阵慌乱，一阵阵酸涩
每到夜晚，有难言的苦楚
因为我已不是一片瓷
——光滑，无形

我原本想攀上世界之巅
握取天地间一个核：最精最亮

可是在中途
我被盘桓

蛇行的身体，我怎么摆脱

3

铺展至无穷？

最终心甘情愿，我接受这强硬的命令

当你举起柔韧的匕首

你说，爱我

那是上天赐予你的雄性

4

尘世上的好男人

你从另一个方向印证了我

你的开辟是我的，你的阳光是我的

你的果实是我的

5

我躺在那里
被你耕耘被你翻腾

我已经绵软
我已经乌有而更为存在

我听见暗中的呼喊贯穿夜空

6

双重的理想在滋长：
我要走到我的顶点
也要把儿子生下

我是低处的高峰

永 别

风沙在左右舞着
烈一阵，柔一阵

唢呐声声
融化在空气里
又溅出来

1

都沐浴过了
穿上华丽的绸缎衣
今天是个什么日子

露在外面的额头、面颊
冰凉冰凉
他们已不再呼吸

是不是他们太沉了

沉得脱离开阳光和空气
一直要沉到
我们看不见的地方……

除此之外和平日没什么两样
慈柔的皱纹，温暖的华发
但是隐去了色彩和声音
是不是，他们已到了
季节和风的另一面
季节和风，拂不动他们了

似乎他们亦不再向人间请求什么
可是他们半握的拳头
又像无助的孩子，空空地等待着

无能的人们啊，恍恍惚惚
把自己蒙在一片片泪水里……

2

已经在低处
他们还要向更低处

姥姥紧闭着双眼
紧紧地，向四周
辐射少女般美丽的纹路

姥爷微张着嘴唇
对应大地突然的裂口

他们已经老迈，可是他们健康
这世间少有的财富被谁嫉妒？
他们的额头和双颊因而变得冰凉

姥爷平时少言语

力气原始的香味跌落着，弥漫着
灿烂地耗尽又聚起

姥姥喜欢自言自语
呼吸柔和
窗户上升起她民间的剪纸

忍耐中的延伸
他们平静，快乐
……对死神也忍了

他们坚硬洁净的骨骼
将无声无息，破碎在
腐朽的泥层里

3

我饮泣的泪滴里
有高于悲伤的
弱者银白色的高贵

那无限隐忍的
——隐忍到零下

他们是我的亲人
最后的坚强高至无语
是两张结冰的镜子
照亮我的天空

而他们多皱的灵魂
疼痛成我的一片海洋

怀 念

1

如果对照的不是死亡

既非白色又非黑色

既非突兀更非凹陷

那种令人无法描述的面孔

2

其实恶魔只有一个

活到最后就会知道

当然已经不知道

3

不如说说留下的相片

都是活着时的样子

善良与天真

天空与太阳
蓝的蔚蓝，黄的金黄

有些苦痛
仿佛天边隐隐的风声
有些衰老
亦不过皱纹褐色的丛林

生命中有更美好的（组诗）

最初的记忆

多么明亮的一幕
仿佛我刚从一个幽暗的洞中走出
抵达了洞口

多么惊人的一幕
堂屋门口
蹲着一位老人
他在唠叨着，唠叨着：
"他们也不知哪里去了
把这孩子锁在家里……"

我是站在东屋土炕
趴在窗台上
透过窗玻璃
看见了窗外这一幕

我是刚从炕上睡醒了过来
越过炕边的炉台
下到地上，到门口拉了拉门
门锁着
于是我哭着爬回土炕
趴在窗台朝外张望

我的哭声惊动了老人
他的话让我感觉到奇妙
他面孔略略朝向我
让我感觉到快乐
他就是外面的谜、爱、美丽

我隐隐的激动一直延续至今
他就是那时的整个世界
和它的未来的光明

这位老人，是我的曾祖父

在我两岁零两个月时，他去世了

但那时，窗户内小小的我

无比欣喜地止住了我的哭声

生活就在那一刻被打开了

我喜欢这些名称

"仟仟村"带着它的单人旁

"瓮圪廊"就是瓮就是圪廊

还有幽静的"西井"

斯文的"霞庄"

粗犷豪迈的"晒布岩"

这些名字牵动着我

我必将翻开古代蜡黄的书页

拣出民俗里的盆盆罐罐

我想看看商朝人在这里吃什么

秦朝人在这里喝什么

学着画下粗布上的飞鸟

屋瓦上舞动的图案

或者我就要在这里植树种田了

让今天的树结出古代的果

今天的谷秆长出古代的穗子

再酿一坛醇厚的酒

我一醉，就直接还古忘今了

夜幕往下落

夜幕往下落，落得多么慢啊

我停下手里的活儿，抬起头来

它只是暗了一点点

它如此优雅，充满悲悯

它又暗下去一点点

树丛在窗外慢慢模糊了枝叶

我收拾起我的纸和笔

——它将要完全地落下去了

中途

好像我们已经不应该有什么话可说

因为你把一切画了句号

可是我反而亲切地叫你哥哥

一遍又一遍

一遍又一遍，虚拟了响箭

速度很快，走在前面

遮挡了自低处缓缓涌起的尴尬

你看我悬在半空，摇晃

不是荡秋千，也不是走钢丝

是一个胆小的人在记忆中徘徊

做出新鲜却危险的事情

板山留影

当对面那面刀劈的"板山"

代替了一面青春的镜子

多少往事已散成云烟

我独自坐在荒草坡上

黄色花纹的衣装多么贴切

我的长发被风吹乱

"爱……"

这悲凉疼痛的声音

在年轻的岁月里曾经一次次响起

响起在绝望的内心深处

——啊，一次次

是怎样从满怀激情

又是那样纯洁而羞怯的峰顶

跌落。如今时光正在老去

绝望成为永远

母亲

为什么直到今天
我才完全地与我的母亲融为一体
想起她就流泪、心疼

看着照片上的我，已经人到中年
面颊上露出母亲的面颊
并且站出母亲大大方方的姿势
我说这哪里是我，分明是我的母亲
但是我穿着羊绒大衣
这是母亲所没有的。我是站在
北京鸟巢外那条冰河上的小桥中间
满眼风光
这也是母亲未曾见过的

母亲是个终日劳作的农家妇女

日复一日待在乡村的田野、小路和锅灶旁

她动作迅捷，浑身闪动着阳光、火、风

她静下来时，是在做针线活

棉被棉衣棉鞋，单衣单裤单鞋

父亲的和我们姐弟四个的

那时母亲比我现在还要年轻

而我正上小学，然后是初中

每天背着书包出门，再回家

母亲没有让我为她分担过什么

我成绩好，这是她灿烂的一部分

她为什么活得那么有劲头

那时我竟没有思考过

却记着了她偶尔的焦躁偶尔的骂

和偶尔之偶尔的打

我曾幻想母亲娴雅地坐在椅子上

温柔地讲故事给我们听

我幻想的是一个闲逸的母亲

可是我的母亲她正好相反

她起早贪黑只在短暂的睡眠中才能闲下来

后来我走出了农村，经历虹霓与雨雪

而母亲渐渐走出了她的年轻走向了她的老

这么多年她总在牵挂我我总在思念她

因此我不断地回到温暖的家回到母亲的忙碌中

可有时我还会记起小时候，某一次

母亲骂了我甚至打了我几下

想起这个我依然不愉快

任一条看不见的坎儿

隔在我和母亲之间——

多么褊狭的童年多么愚钝的青年

在自己的母亲面前

直到那一天母亲告诉我

她常常睡不着觉，她一次次痛着我的坎坷

痛着弟弟妹妹缺少的某些幸福

我是那么震惊！而这时

母亲的美貌已经凋落

她的背也微微地驼了

这么多年她不曾说过这些她想说的话

她只是独自默默地忍受着

这么多年我经历了许多

却忽略了唯一的母亲

那一刻我真想把母亲搂在怀中

我真想依偎着母亲的乳房

在她的怀中慢慢地消融

——可是这是多么迟啊！

短章（组诗）

俗世

人们对诗人的诋毁，我多次听到
就像高高在上的云彩，把阴影扑下来

咒语之间夹着描述："独坐山头痴望飞鸟！"
"半夜三更在沙滩上游逛！"……

而我只愿成为一位纯粹的诗人
于是向蚯蚓学习柔韧

掘开人群的土
把自己藏得深些，更深些

界限

在中间划一条线
你是正数，我宁愿是负数

虽然还没有离开太远

但是，我向着地狱的苦难

你向着太阳，那没有穷尽的热烈

华彩，人世间宏大无比的辉煌

景象

雪。月光……

我的疼痛我知道

雪。月光

你用手指在其中触摸到什么？

一根弦

欲以极高的频率

颤出声音

却突然融入

雪——

月光——

回答

我不能自我标榜

也不能把别人对我的赞誉

照搬给你

如果你愿意

就慢慢地了解我吧

评价只是别人的事

我所要做的

始终是伫立于自己的核心

——深深的宁静之中

伏天

细细的汗或淋漓的汗
神给你抹了一层又一层
无论动或静
你都保持着像泥鳅那样滑
从魔的手中滑掉

多么幸运啊
一天天，你活着过来

匆匆

河流在入海处不假思索——
走向深沉博大
会不会丢失烂漫的朝气

青青小草遍及大地——

或许是一种献身
或许是一种游历

随便你怎么理解吧——
生命是一条偏僻的小径
或者一方开阔的天地

落在岁末

落在岁末，今年的第一场雪
满天满地的叹息——

毕竟不再坚持——
不再两两对峙——
喜欢上柔软、弹性和诗意

——是模糊了过程的终极

辑二　交织

第一千零一个

第一千零一个
伏在暗处
被灰尘笼罩
你暂时忘记了它的存在

你的四周一片缤纷的喧哗
一千个理由
让你津津有味地活着

可是你挡不住那暗处
悄然的汹涌
以至于它像天鹅一样
高高地昂首——
瞬间，所有的春草枯败

它显现出奇异——
它不哭泣，但比哭泣还痛

它自你的心底缓缓起立
优雅而坚定

它迈开了步子
啊，它要带你赴死
要为你摆脱
摆脱命运布在脸上的阴影

微笑

我已经不能够再去悲伤

片刻的郁闷之后，必须马上回过神来

将两个嘴角微微翘起，带动整个面部表情

微笑是一种体操，全身经络正在打通

气行血行。仁慈的女神适时降临

我的眼睛开始放光，我的心灵

被擦去灰尘。一面光洁的铜镜

映照生存的美好：我活着。呼吸

相反的方向已经走得太久

我是那么容易受伤。不止敏感于

一粒石子的棱角，一根藤蔓上的

刺。这个世界究竟赠与我什么

在一切之下，在黑暗之中

生命发出尖锐的吁请：健康

如果我能够像河流一样

不觉得包容，她只是顺畅……

幻觉

内心的愤怒推着我
沿着桌子的边沿我站了起来
此刻我是黑色的

你那伸出的食指慢慢往回退缩
你那恐怖的眼神望着我
你那可耻的食指在慢慢退缩

一次又一次，我以黑色的名义
站了起来
我的眼神里射出一柄利剑
这是最亮的闪电
你内心的腌臜被照彻

这时候，你无以躲避
整个世界颠倒了过来

琴

这个世界有巨大的痛感
它落在我身上时
尽管经过了它翅膀的一再收敛
已经十分文气十分小心
仍然拨动了我的细丝弱弦

我的音乐其实就是我疼痛的战栗
——杨柳林呼啸广阔的风声
打谷场射出尖锐的响箭——
这是疾病,也是对抗
低回处称之为愁怀缱绻

我生为零

我生为零
零即核心，或外延

零即万物——

它们太阳后太阴
它们东与西，南又北

透过万物，我看见了死亡

我看见死亡对一切的成长叹息：
零——

而零在大地之上虚怀若谷
并且激励万物

大箕行

走的不只是错落在大山里的这些村子

还有松林寺，圣母堂，摩崖石刻

其中有文字，有诗，有历史

——蜿蜒蛇行之路

一直探向深处

那一方方

洞天

大地上的灰色

坐在一辆有速度的车上
目睹：一座座楼宇
手牵手向后滑去
以各自的灰色

绿也灰，红也灰
黄也灰，蓝也灰
不管它们怎样标志自己
是否跃跃欲试
无一例外地灰

唯一的粮食已经收割
唯一的花朵也要凋落
好像前面有更大的乐园

对！我们正奔赴那里
把灰色留给灰色

水声在深山的寂静里

水声在深山的寂静里

澎湃激越。仿佛一阵风

疾疾掠过，另一阵风

又紧紧跟上。这柔软的事物

自己和自己纠缠在一起

结成一面墙，直立起来

又訇然倒伏下去

河间的巨石被它狠命地拍击

河底的卵石因此一再收缩，一再光滑

这声音湿漉漉地

漫过山坡的树丛，从白天

一直延伸进浓黑的夜

冲刷着我的窗户，回旋在我的枕边

并将我浸泡在它的情绪里

它好像在切割着什么

它已经深深地陷入它切开的沟壑里

还浑然不知

它已经吹走了一切，使自己至清

还在无休无止地

消磨着……

如果你能以孩子的赤诚说出……

如果你能以孩子的赤诚说出真理
你的心中便已拥有全部：
小至一滴露珠
大至整个宇宙

因为你纯真而透彻
精细而博大
你比飞翔的蜻蜓更灵巧
你比落向山冈的天使
更神圣、更优雅

一颗童心穿越时空
微笑将苦难与艰险容纳——

一日闲

我的寂静，加上它们的细腻与缓慢

这样活着有多么好

早上，踱到山顶公园

结交了栾树和五角枫

栾树一股子大红大绿的劲儿

秋天里忘不了

舞动它那迟到的春风

五角枫向着五重天空去探路

不慌不忙，伸出不易察觉的触角

而弯弯曲曲的带状林区

缭绕了我一个正午

我特意访问了樱花树

它们说：等到明年花烂漫

到夜晚，留下空当

我忆起夏夜见到的六朵睡莲

白色的。朦胧的灯光下浮在一湾水上

那时它们睡得洁净

有梦，但只是一点点……

有一些隐秘的幸福

有一些隐秘的幸福
在纹理繁复的世界上
悄悄流动着

它们像叶芽一样细小
即使画笔也无法说出它们起伏的色泽
即使诗句也无力点破它们变化的细胞

它们来自于石头轻柔的低语
来自于草丛中飞溅的虫儿
或者来自于一些宁谧的空白

它们穿过我
（和另一些简单的人）
沿着血液的网络震颤
它们将穿透我的生命
（和另一些生命）

从这头涌向那头

当我们依次化作泥土
它们也一次次藏入泥土
我们不呼吸，它们仍然流动
将欢乐注入大地上的
花、树、水、粮食

我要歌唱，而不是叹息

我要歌唱，而不是叹息

我要耕耘，而不是丢弃袋子里的麦粒

是蛇行的时间使我们老去

并不是我们自己

山重水复，世事堆积

轻盈飞翔的

是永远纯洁的天使

纯洁——

让我高举这张牌子

任凭皱纹打碎镜子

如果一片云影飘过心灵的天空

那也是因为憧憬而忧郁

忧郁——

是通向彩虹的阶梯

诗 心

我蒙昧无知满含羞涩

边走边唱一首诚挚而忧伤的歌

——疲倦的面颊上浮着

     红红的云朵

你是黑夜里的金子

不肯言说的言说

——遥远而神秘的

     花园里栖息着

        智慧的灯火

无 题

花盆里没有花
两片将枯的黄叶
斜插于
幽暗潮湿的泥土

"你要将绝望收藏吗？"
"是……的。"

我把自己放在深谷

僻静的深谷

大陆的最低处

我把自己放在这儿

积蓄一些力量

吸收一些事物

当然，优雅的风

不会送来赞颂之声

赞颂通常属于高峰

凝光溢彩

嬉、笑、怒、骂……

我这儿有的是温柔和忍耐

有的是暴雨卷着沙石，一次

又一次袭来

但是，千年之后

要么万年之后

深谷，还会是深谷吗？

尽管我已不存在

一次次……

我庆幸，一次次
我并没有在胡同的缭绕里
耽搁得太久
当我发现精明者
对我已经不够友善
我的天地渐渐变得宽广

这是个痛苦的过程
却是重情者的胜利
在斑斓多姿的世界上
一次次
充满我无声的欢呼

活着，我并不希求更多
我欣赏自己的性情

否定

否定，我喜欢
那柄利剑
那股寒意

你虽然流血
但不会委地

否定，我喜欢
那些铿锵有力的声音
那些石头

它们砌筑的
是山峰，和
一种高度

初秋的雨

半明半昧的天空
溢出一滴水
又一滴，紧接着
那么紧……

里面好藏愁
一点，两点

淅淅沥沥垂下来
横横斜斜漫开去

流成了河，汇成了海
另有一些，中途婉转缱绻
打着漩儿

水花儿开满大地：
在慢慢停下来的目光里

伤

美好的岁月，神圣的诗歌
本该一气呵成的

那草地、河流、温润的春潮
可是，稍一迟疑
盛夏来临

陷入人群有多么不好
被一条锯子反反复复地锯着
日升月落，散成碎末
疼痛来来往往，不长诗歌

盛夏的火，烧起来了
伤疤在火中
开出追悔的花朵

我渴望上升或纵深

我渴望上升或纵深

抵达清明的境界

那儿有自然和真理

可是日月堆积着

锅碗瓢盆缠绕着

物质的家里杂草丛生

找不到一条充满活力的小径

把火打开，围裙系上

空气变了味道

话匣打开，声音四溅

思维失去形状

我走来走去

珍宝的脚印洒落

忙前忙后

血液乱了流向

清风明月，奇峰秀谷
该去领略生命最美妙的律动啊
既然灵魂的孤寂与生俱来
何惧独自走完漫漫旅程

方向

暗蓝的天穹

开满明亮的喇叭花

我独自走着

夜风拂动长发

虫儿的小曲起伏着大地

谁的梦境如诗如画

仿佛幼时的感觉

许多憧憬等待作答

而时光已老

我要把纯净的双眸摘下

我正在走向虚无

破碎的心

化作无数星星和泪花

迷惘

谢谢你肯定我的诗
可我还是担心
怕百年之后它们没了踪影

是否确实需要一种形式
——比如一块奖牌
来将它们确认
就像一块墓志铭
提醒路人
这里埋葬着什么

这是我的低矮之处
我依然渴求真理像晨曦一样
在某一日突然降临

路

虽有许许多多的疑问
但一切结论都为时过早

暂且打住吧：
从那时看今天
又从今天看那时

星光已经点燃夜空
唯一的选择是埋头前行

凭着内心的虚静
指向无限

建筑如此精美

建筑如此精美
与艺术为伴

多彩多姿的屋宇
各式各样的雕花
我轻手轻脚地步入
小声地赞叹

显出了我的粗陋
我本是来自田园

连栏杆也是妩媚的
连走廊也华丽无比
哦，它们自缝隙间
漏掉了田园

田园啊田园

你那黑色的斑点

与土块为伍

与柴草为友

美女在深处

你并没有僵化成一个词
你并不是苍白的干瘪的
而词语，只是一种屏障

所幸乐于追问的人
打破屏障，进入深处

正因为他的渠道违背了流行
才为我们亮出耀眼的奥秘：
灵感、激情、想象
美女原来你是——

老粗布里住上了襄子

轧花，弹花，纺线，浆染

作综，闯杼，掏综，吊机子⋯⋯

七十二个弟子

从两千年前请来了襄子

襄子之宽容大度，襄子之善察民意

襄子可能具备的质朴的思想：

布喜粗，人须衣

他们早已点点滴滴地学习

他们个个都是能工巧匠

会采花草之横纹竖理

携日月之五色光华

他们不分昼夜，忙碌不息

在老粗布里一经一纬搭起楼宇

请襄子这名贯古今的人物庄严入住

一个符号，一枚箭

一个符号，一枚箭

符号有着繁复的线条，它在诠释
箭是金质的，它是尖的

我看见符号时，你侧过脸
在一面孤独的镜子里
专注于手中的事物
我看见——
绝对的寂静的沙漠，包围着
具体的多声部的山川

我看见箭时，你抬起眼睛
深处的光芒怎能遮蔽
它在尘世的颗粒间穿行
我看见——
你一边贴近一边拒绝

四周的空气富于弹性

诗歌神秘的符号，有穿透力的箭
大地之上，远远地，我又看见

正午

正午放置着剧烈和尖锐
无论阳光还是树木

你看，阳光已越过它的金黄
树木也越过它的粗壮

在界限的另一面
古老的阳光如婴儿般洁白
老树碧绿如少女

在它们双重的弹奏下
我忘掉了岁月之累
——那墙皮的层层叠叠

我是轻盈的
哈！满天的鸟儿
飞出我心灵向宇宙的辐射

我说的是"鲜活"这个词

——现代戏《赵树理》观后

我说的是"鲜活"这个词

我仿佛刚刚认识了它——

它以朝阳的红润

春韭的芳香

开启了我的心扉

戴着婴儿的兜肚

它从我口中跃出

落到你面前

为的是赞叹一个演员的表演

它指向吴国华

尽管没有水袖,不靠程式……

它欢喜而坚定,目光炯炯

代表"无论如何不被淹没"

——为此，汉语词汇重新进行了排队

就在刚才，非常迅速——
它排在第一

山村

门前的水声

自远古缠绵而来

又向未来逶迤而去

四季通过山间的树木和庄稼

变幻色彩，展开层次

其中有多少谜团

任晨岚夜霭弥漫

任日升月落划出经纬

你静静地端坐于山坳

凭低处的力量

加深着对一切的理解

并以错落的

石院瓦屋之形式

在洞穿万物的时间里

亘古长存

到王庄

需要忍受一夜的忧虑

睡梦也碎成坎坷

清晨的清爽：一时的错觉

这茫茫的白色

它还在零星地接纳

需要兑以碧绿——那浓重的渴盼

需要持续的忐忑不安

——如此等待一道新的命令

——那一头，仍在谨慎斟酌

短信，来了又去

去了又来。仿佛燕子

度过一个又一个

春秋

午后——多么奇异的时刻！

"高速路开通了！"

需要我的两个脚印……

二百里积雪，霎时装入杯子

——尽管推迟七小时，但是——

带上这礼物！

中秋节

我不能抵达却已抵达
脆薄的惊喜
暂时压倒了我的惧怕

我惧怕的是谁?
是我自己,还是
冥冥中的神?

一朵花
春天尚未开完
已经成熟在炎夏

一树绿
夏天那么多的叶子病了
尚在等待康复,浓郁
已经缠绕着秋风

被一个圆呵护着

我渐渐地有了不安

直至重返我的惧怕

来到世间，我其实是

与残缺为伴！

在上海

是谁把乡野的寂静当成了荒凉

是谁为了虚荣打造了城市的温床

让各色的霓虹灯闪烁内心的杂乱

让夜生活在酒店在舞厅

在肉麻的娱乐的甚或放荡的人群里哗然作响

即使上海又怎样

巍峨是有的雄壮是有的

浩瀚是有的纵横交错是有的

珠珠串串吃喝拉撒更精致更昂贵

条条块块里里外外更神秘更辉煌

在二十三楼的阳台上我望见

夜色中林立的高楼姿态各异

纷纷招摇着错错落落明明灭灭

低处的大路亮着一道道白光

汽笛不绝人声不歇乱飞着多少欲望

越是大都市，人们越是忘记了最初的梦想
在绿色的家园里在古老的农具旁
我们的先人曾一边思索一边向着苍穹仰望
因此，谁能忍受那无边的寂静
谁才能最终抵达天堂

仿佛

仿佛刚刚结冰就已解冻

春水一波一波漾过来

今年的三月为什么连接着去年的十一月

就像小时候也曾惊奇

我们的村庄"岗上"

为什么与很远处的村庄"良台"

仿佛并肩携手，缠绵眷顾

仿佛我们村头的老槐树

已经把宽厚的阴凉洒向良台

良台火柴盒一样的房子

也明眸皓齿地大起来

我就要看见那里的灯光如水般漫溢

那里的炊烟

攀上屋顶，又把身子俯下来

仿佛我们这里一担子水递过去

就能浇绿那里的菜园

那里的女人举起针线

要为我们缝衣缀带

我反复咀嚼其中的味道

仿佛两个村庄之间

那深深的沟壑、多褶的坎坷并不存在

雪下了又下，风吹了又吹

桃花还是红，杏花还是白

在玻璃制品公司目睹一只花瓶的制作过程

被一口气轻轻吹动，我看见

它暗藏的弧线向着四周急速漾起

并非湖泊被多情的鸟翅掠过

微微的恐慌中，它一边挣扎一边开放：

一个少女丰满而窈窕的身体

"必然的淬火——"

金色的光，照耀着

尖叫高出我的听觉

它在疼痛？它其实在飞舞

而迫近太阳的眩晕令它黑下来：

恍如坠向深不可测的洞窟？

"但它的美还不够！"

蜿蜒的蛇，彩色的纱巾

追上它。在它的脖颈

胸前，腰间，臀部

细致地缠绕

一股灼热的流体

凝结成飘逸袅娜的疤痕——

"永不被风吹起!"

"端庄些,再端庄些!"

"它是纯洁的,透明的……"

到上伏村

到上伏村，路顺着蜗牛的壳
旋转着向下

树的排，玉米地的片，山的蜿蜒
都滋长一个词："绿"

房子们抱成团，坐在路的臂弯里
又被安置到绿的中间
逆着车窗
退到后面去了。另一些房子
再抱成团……

迈着台步，到上伏村的路
不声不响地寻找着

它很艺术地，把最静的绿
和最绿的静
糅合到最后——深处

大年初一

时钟的指针站在零上：
一只喧闹的喇叭张开嘴唇
它的样子是越开越大

……当众人散去
我侧卧床头，听到远处的
鞭炮声，零零星星
又在响起

——仿佛有什么东西正缓慢下落

回看身旁高大的
白色衣柜，颜色转暗
我的心缩了一下——
又缩了一下——

无可否认：暮色降临！

让目光带着梦的遥想

人们总是沿着一条斜坡

从煤油灯走到电灯

没有像上帝一样将它们并列

其实它们各自都有一个空间

一套美学。现在我让目光

带着梦的遥想

从电灯回到煤油灯

看见它吊在炉台的上方，一锅米粥

在它的下面缓慢地

发出"咯嘟咯嘟"的声音

它半透明的黄晕

向四周散开，并逐渐淡去

不规则的边缘与屋子里

报纸打的顶棚，白石灰涂的

已经发暗的墙壁，以及北面那只

粗笨的斑斑驳驳的粮柜

合在一起

更旧的两只凸肚子的大缸
站在它们接缝的拐角上
缸的脚下，高高低低的坛坛罐罐们
成溜儿摆开
委婉细腻，增添了另一重接缝

床单上的印花：绿苹果

从树上刚摘下来的一只
鲜绿，眉心闪耀阳光
像旧时代刚出嫁的一位闺秀
带着贴身丫头，它带着一片
小巧的叶子

从上到下被切开的，半只
应该裸露几粒籽儿呢？
回答说：两粒
两个酒窝的神秘微笑

还有一只置身水中
水波一条一条，被比成白色
它端坐其中，梦想天上的星星
洒在身边，呈五角形
一字儿排开

绿苹果们，被有序地复制
娇姿落一床，仍有余——

深秋的杨树林

一律被霜染过

又被风吹过

树树秋叶落花流水

东南西北

反复纠缠

在地上

已经分不清哪片叶子

原本属于哪一棵树

风停的时候

一些压住另一些叹息

还有一些独自沉默

风再起的时候

不甘心的

随风扬起——

旋舞——

只有少数几片
依旧被树枝举着
瑟瑟地抖动
——它们是尚未熄灭的记忆

初识石家庄

这个夜晚我在石家庄的夜色里长久地徘徊
大部分时间消磨在旅馆门前精巧的广场
石家庄的夜很大，我很难对它条分缕析
初秋的风微有凉意，无处不在，这就够了
被四周高低错落的霓虹灯围拢
我和广场一起黑着——黑得清幽而透明

从我身旁走去又走回、走去又走回的
是我弟弟少年的身影。因为广场的入口和出口
正是火车站的出口和入口——两个概念
在两个界面上简单地交换了一下
就使弟弟变成一千里的蜿蜒路程
就使我们暗淡的乡村像个秤砣一样
坠挂在大都市长长的秤杆上

他时而匆忙时而拖沓，时而亢奋时而颓丧
唯一不变的，是他背上的行囊……

我惊讶于我初识的石家庄

恍如从前一个未曾察觉的梦

弟弟的气息在夜色里飘动着

一缕缕，那样单薄而无助

那是十多年前的事了。那时候

我的弟弟，他开始长大，有所指向

火车硬座车厢里酸臭的气味，不时地

将他吐出又将他吸纳……

一个坐着的人

连牲口嚼草料都不如
他却津津有味地说着

他津津有味地说着
泡沫一样的话
他不知道这是自己的灵魂
在翻最后的白眼，在呕吐

他不知道权力是个蛀虫
一点点将灵魂蛀空

他不知道，他不知道
他苍白的空洞
正好对准宇宙黑色的空洞

在画上遇见了灵魂

感谢这些线条和颜料

让我在画上遇见了灵魂

或庄严，或雄武，或谦和，或卑琐

或贪婪，或狰狞，或仁慈，或稳健，或柔婉

或高迈，或残忍，或冷漠，或豁达，或纯正

或刚直不阿，或笑里藏刀

或……

在树冠间树干上隐约显现

这哪里是一片树林，早已幻化成

各种长相、各种姿态、各种服饰的

人——

画笔多么可爱

仿佛无意却是有意

让我时而微笑时而怒目

时而拍案时而凝眉

痛苦

我死在了那些地方

本来，我不需要去海边，去山上
当我退回来，才知道
最美的生活仅仅是
一道寂静的小巷
可我已经不能够呼吸顺畅

曾经，在那些地方
我躲开人群，独对苍穹
纯洁的泪水哀而不怨
可是，我的绝望并不够
我的宽容也欠周详

他们还要让我蜷缩自己
让我从深处
翻出自己的百孔千疮

然后，对着镜子
把狗皮膏药贴在脸上

我死了
死在一个又一个
或远或近的
离开我自己的地方

忆洞头

夏日，置身于洞头村
就意味着被爱了
到处是绿色
又有滴翠的山环抱着
有蝉鸣弹奏着

到了傍晚，夕阳西坠之时
柔软的树丛和娇艳的花草轻轻摇曳
池中之水泛起一鳞一鳞的霞光
晚风送来了这个时节最珍贵的礼物

我们三三两两，踩着小路
转遍整个村子
然后就在我们下榻的那座楼
之楼顶平台上
升高了

我们围在一起

品茗，谈诗说文

自由的笑声连起星空和大地

隐秘与绽放

沿着泥土中网状的缝隙上升

又沿着地面上蜿蜒的沟壑、水流

沿着周郎山、国公湖扩展

周瑜和小乔——

千余年前的爱情经典

并没有沉睡在地下

它甚至沿着根、茎、叶

那爱的花海

沿着木头的雕花

那爱的长廊

以及种种现代的工艺：

聚英堂、都督塔、明志亭

鲜活起来

然后是情深意挚的望夫堤

然后是软语呢喃的风情大道

——它完全地绽放了

八千亩的瑜乔主题公园

斑斓多彩，风姿万千

瑜乔琴瑟居

三国激战的风云间
竟然闲置着如此雅谧的一处栖身之所
让他们缠绵缱绻，如胶似漆

卸去戎装的三军大都督正是情郎的形象
乱世中的小乔弱骨丰肌，面羞心狂

惊涛裂岸
只是时光短暂的选择
樯橹灰飞烟灭
说不定构成了历史的差错

这里是藤缠树树缠藤的景象
你言我语的琴瑟之声
超越了那个时代
道出人生真正的味道
在爱情浓烈的缓慢之中

诗歌的包裹

在我的诗歌里写下：
月光、草地、溪水、浓绿的树丛
我用行书把这些阴柔的事物蜿蜒放入
把所有的点横竖撇、横折钩竖弯钩
侍弄得幽径生动，偏旁部首或绵密或疏朗
旋律优雅贤良，有轻起微落，有光荡影漾

我的在废墟中罹难的同胞们啊
我把这别样的礼物献给你们
当你们在另一个世界睁开眼睛
没有了阳光，因为强光的利刃
在那里将显得异常

请你们把这诗歌的包裹打开
这灵异之物穿越界限
带着被泪水洗净的梦想
我没有给你们大街小巷、高楼广厦

怕那繁华和生硬

辱没了你们高洁的灵魂，那真正的荣光

而它们将一一显现：

月光、草地、溪水、浓绿的树丛

愿你们在这舒缓的无边无际的太平秘境

漫步，栖息

咀嚼珍奇的浆果，啜饮甜蜜的仙露

愿你们在其间慢慢疗伤

直至不可言说的永恒的欢悦

像岚霭一样，轻揉你们的心房

阳光，阳光！

自废墟中救出的同胞
阳光瞬间给你们镀了一身
虽然你们还躺在担架上
眼上暂时挡着一块毛巾

但我知道阳光已进入你们的血液
（因为它已进入我的血液）
沿着弯弯曲曲的管道欢快地流淌
（并且在我的血液中如此流淌）

这靓丽的阳光，平日悄无声息
我们在它的怀抱里穿行、喧闹
把它当作泥巴用脚带起

当我们经历了可怕的黑暗
（我是和你们一起经历的）
当我们感受过深深的创痛

（我也是和你们一起感受的）

才第一次读懂它阳春白雪的语言
是如此的茂密又犀利

此刻，它正携带着透彻的幸福
抵达你们的，也是我的
肺腑——心底

河水一波波地流

河水一波波地流
清风一缕缕地吹
诗歌两姐妹，诗意地漫步在河岸上

金色的太阳，落到山那边去了
苍茫的大地，将我们高高举起
青草半蔽的小路上，我们的身材愈加修长

"前几日，只想死
女儿已成人，父母都安康
没有可以牵挂的了"

她平静的话，惊得我凝住了脚步：
"大姐，你就是我的亲姐姐"
我们拥在一起，泪水流淌不止——

我们爱山川这单纯辽远的意境
栖居在人群中，我们多么不适

贯穿山西

高速公路笔直刚劲，山间油路蜿蜒纤柔。
车窗外，热浪滚滚。一层窗帘，太原换车后

是一方手帕，为我伸开盾牌，抵挡烈日追踪的箭镞，
中途在阴凉里潜藏片刻 —— 一个小小的黑色幽默。

诗歌严正的光芒始终在前引路。

从南到北，贯穿山西，
我坚韧有力：一道犁铧犁过广袤的大地；

偶尔禁不住风景的诱惑，撩起帘子
或移开手帕，向外眺望——

浓绿的夏季，沿着枝枝叶叶间闪闪的光斑排斡而去……

当看到星光满天，听到溪流潺潺，

多么巨大的变化：白与黑。嘈杂与寂静。酷暑与

凉风。现代城市与原始村落
——连一千年也只是转眼之间，

晋城换成了方子口。

注：晋城为山西南端的一座城市，方子口为山西北部的一
个村庄。

到仙堂山

出宾馆仰望，见山峦间红叶丛丛
但这并非深处的仙堂山
到仙堂山，是要于山的褶皱里寻仙堂旧隐
在僻静处觅佛家的妙语警言

我们沿着曲折的山路攀爬而上
两边遇奇松、奇洞、石刻
每到一处，都陶醉一番
沿途听到的传说
渐渐勾勒出东晋出家在此的高僧法显

宁静，超然
那是高僧的品格
而红柱子擎起的仙堂寺
不知不觉已亮在眼前
香烟袅袅，钟声不绝
其中必定收藏着拂去了凡尘的经卷

无论前院的关圣殿还是后院的三佛殿

都该是一种象征吧

——高僧那探寻的步履和对善的渴念

左旋右转，在广袤的山间

我们最终没能抵达宋代塔林

也没能目睹卧佛那神态的悠闲

但我们想象着，品咂着

那种精神的延续，一脉相传……

冬天的傍晚

当冬天的傍晚

灰暗，僵硬

挂在干枯的树枝顶端

再也无法抑制

积存一年的泪水

古典意象若锦鳞

饰遍我周身

此时，我窥见它们

宁静的美中

潜伏着焦灼的躁动

长久的等待

塑就一个个圣洁的雕像

痛苦辗转

排列对偶的诗行

缘着花边儿

探到旋涡中心：

啊，最辉煌的只能是梦

我千年的衣裙片片凋零

恰似一场大雪

要将一切掩埋

欣月童话

长春，这个城市在某一日动了起来
先是它的触须，再是它的甲片
为了一个名叫欣月的
患病的女孩、失明的女孩
一个依偎在长春的怀里做梦的女孩……
是那种思绪一样又崎岖又繁密的运行

——抵达女孩梦想的顶端

在那里，开出一朵硕大的
慈善白莲花。花瓣上一圈圈
镶上国歌的金边
阳光雨被模拟，刷刷地
落下仪仗队的脚步声

"北京！天安门！"
女孩的小脸高高地仰起

由苍白而至绯红，由微热而至灼热
她的呼吸和白莲花的花瓣
一起颤动着。啊！那火红的蕊
升起来了——那国旗！

女孩灿烂地
笑了。呵护在周围的
叶片——层层叠叠的两千人
是谁？把忍不住的抽泣
夹在了叶丛中

仿佛露珠，轻轻
滚动

红纱灯

当深邃的世界

高高地

擎起红纱灯

所有的灵魂欢呼雀跃

血液和汗水

绽放五彩花朵

朦胧一轮金月

诗情画意

覆盖了沉沉的岁月

美丽的时刻

舒枝展叶

莫论其渊源

一如积淀之后的升华

红纱灯

辉煌着人类风景

照镜子

红莲似的脸蛋

落入水一般的镜中

溅起一朵妩媚的笑

是微风吹来了吗

披肩的浓云在手上缓缓飘过

突然一个小小的涟漪

荡漾在镜内湖蓝色门帘上

啊，莫不是一个调皮的小伙子

悄悄躲于帘后

姑娘心中的小鼓急匆匆地敲

垂下眼帘遮住柔情

埋起脸来藏了娇羞

侧耳细听，似乎只有空气

在低奏温馨的小曲儿

暗暗骂自己一声

她又痴痴地望着小镜

——真的，会飞来

那流光溢彩的一刻

秋

当初

地头的一树浓绿

深藏着一个秘密

鸟雀的聒噪揭不开

掏鸽蛋的顽童摸不着

树下那对恋人儿的绵绵细语

太轻，敲不破

埋头于田野的山民

把生命的热能

凝成晶莹的汗珠

一滴一滴地

向泥土叩问

终于，山民眼前及四周

无比盛大地

涨起一层层金黄

这个季节
随即被装入酒坛

冬日的山地果园

轻轻地

越过薄霭笼罩的梦境

我来到你身旁

你酣睡的姿态

如产后的母亲

宁静，安详

一些叶片在地上

随意地染上白霜

你已走过漫长的路途

孕育的过程

镌刻着非凡的思想

当繁星般的果实

热烈了深秋沉寂的大山

多少目光向你仰望

也许我来得迟了些

但总想看看你的模样

沿着你昔日曲折的构思

一直走向顶端

我因此获得了一种高度

发现你通体晶莹

即使睡眠的片刻

也透射着灵魂的光芒

我的热血为你沸腾

但是，又怎能以俗态

搅扰你高贵的姿容？

我只是捧出心中深藏的礼物

在淡泊的冬季

将金色的敬意

缀上你的胸膛

风筝在春天

这些风筝，从初春就开始一次次升上天空
这些老鹰、章鱼、蜻蜓，这些明媚的小伞
它们携带着大地上的春韵
要一丝一缕地献给传说中的天堂

迎春花的嫩黄、桃花的绯红
以及花朵开放时的甜美笑意、轻柔声响
柳丝们一天天显现的婀娜
杨花们一片片曼舞的娇弱
直到各色的牡丹也烂漫了

它们仍然不知疲倦。当我们抬头仰望
空阔的蔚蓝里舒卷着洁白的云朵
风筝们游移着，推进着，忧郁而缠绵

它们不知道一整个春天的努力

能否填平生死间那道黑色的深渊

大地上日渐繁荣的美

能否让天堂里的亡灵们分享，并得到慰安

时间在六七月之交

时间在六七月之交
有一条清晰的缝隙

似乎为锋利的刀刃所伤
陈旧的一半充满脱落的危险

春天将无力回于我
让我浪费掉的枝条，长满表达的叶片

眼下，盛夏已经来临
缺少依据的高潮令人不安

前面的六月也于事无补
它只是，一阵多皱的风或者

一个黯淡的拐角

一边离去一边长吁短叹

它们要去往哪里
会不会坠入深渊

贾寨村三教堂古戏台畅想

儒释道三家共享这座戏台
生旦净末丑谁更出彩

正旦端庄须生稳重令孔子大加赞赏
二花义气三花诙谐让老子也手舞足蹈
花旦活泼小生英气连释迦牟尼都笑意盛开
剩下大净深邃谁也没敢去爱
怕爱来爱去爱出个潘仁美一肚子的坏水洒来
武生刀马旦好功夫——舞刀耍剑劈叉拧旋子

三位神人都被迷醉了
纷纷一把靠旗一把马鞭又扯又拽
不料想林冲雪夜一声长啸
离开三教堂直奔梁山而去
神人们才从狂喜中清醒过来

其实他们三位谁看过这些好戏?

每次天明后都发现只是黄粱一梦

于是羡慕昨夜晚庙院里和两边看楼上的男女老少

那些人如今提着农具走向田地还一边回味一边劲聊

欢乐比那大箕河里的浪花更激越澎湃

辑三　情宴

我的诗歌里，常有的那种……

我的诗歌里，常有的那种缓慢的力量
是因为里面的泪水总是憋得很久

可是每次泪水都会
跌跌撞撞走出来
反复浸润，然后涉过
坑坑洼洼的词语
汩，汩，汩地
我熟悉它孤独的声音

如果很多年以后
——假使我已经变成泥土
而它在我的诗歌里
变得流畅，或者竟至于欢畅
它叫作河流，成为蜿蜒的风景

如果你能看见它泛起的光

溅起的银珠

它不息地涌动的身影

和它的水波里映现的

我的每一个含露的早晨

每一个如丝绸一样颤动着

在上帝的手中徐徐抖开的夜晚

我的每一片草叶

每一株迎风摇曳的树苗

甚至每一朵带刺的玫瑰

你会知道：

我曾经多么热爱那一切

热爱欢悦和痛苦的生活

我爱高山也爱大海

我爱高山也爱大海。

我爱他们。

爱，在我的生命中不止一次。

前一次埋了起来

我在它拱起的土堆前

立下碑："永远……"

深夜里的光

醒着的悠长缓慢的痛苦

照亮了我的认知。

尽管那只是原始人的洞窟里

流出的

小兽的血。

你不再需要我。

这种真切摇落一树鲜嫩的叶。

一场雨过后，

残留的水珠

"簌簌簌"， 惊动着

滑落着，在黑下来的四处……

我是很低的。是粗陋的。

一块泥巴攥紧了根本。

在够不着你的地方，

我说："永远——

我敬畏你

心疼你。"

吃饭。睡觉。欢声笑语……

吃饭。睡觉。欢声笑语……
一次次，掩埋了我们的风暴

像不倦的劳动者
我们忍耐着
一再重复这样的动作

两双多情的翅膀纯属多余
十年之间，一点点将它们撕裂成
米面，衣饰
以及嘴唇间的呵气。一点点
降低它们的品格

偶尔我会记起
星光下裸露的泪水
但是——
吃饭。睡觉。欢声笑语……

爱情假装在前面……

爱情假装在前面引领你
似乎伸手可触
却永远也不可能真正握住

万一有时触到她一根毛发或一点衣襟
——那是因为她的长发或衣襟被风扬起
那时候，你更要当心

她稍纵即逝
却把你独自留在悬崖

明 媚

当我被你双臂托起
轻轻锁上的眼睛后
心儿一瓣一瓣
悄悄绽放
于深深的慰藉中
美丽着自己

厚厚的积怨
未曾将我掩埋
而今什么样的幸福
能比得上这长途之后
幽眇的欢欣

你的爱，金子一样
镶嵌在我的额头上
我还希求什么
你之外

星光纷纷熄灭

寰宇中唯有我

分外明媚

雪 天

你那里有水吗
你那里下雪了吗
比白，洁白

可是，时代的火星
早已烙在你身上
留下斑点

……

那么，我会不会坍塌
冻僵

在这绝望之上

一生中的我与你，委曲深挚的"简"

我和你不会更多地相见

每次见面，不会有更多的时间

这是至高的灵，在一页白纸上

写着一首诗：做着隐忍的减法

段与段之间，划破巨大的空间

象形，指事，会意

乃至形声，假借，转注

一字字，不被诞生

只被埋没，或放逐

（让它们去流浪

去荒茫的山峦、沟壑

去无边无际的闪着波光的海上）

段落里的遇合

多么令人惊喜的偶然和必然

有限的交谈变得更加缓慢

我记住了你浓缩的微笑、潜行的话语
和刹那的惘然之后，一种更深的把握：
紧紧一抿的嘴角……

微小的星星，在夜空中分外耀眼
那是我们心碎的细节
衬托着人生与宇宙，空旷与浩瀚

你的无语……

你的无语在那边说：
一些事情该结束了

立即顺从你：
瀑布停下它的血液
乌云凝住它的泪滴
我拴紧我的呼吸

夜里，你明亮的身影

夜里，你明亮的身影
一次又一次，嵌入
比夜更黑的梦里

仿佛珍珠落入深潭
使一日三餐的人
惊觉某种形而上的东西

尽管我已经有些相信
我走出了你……获救了
白昼展开平淡的纹理

我那些激情之艳花，和更多地
汹涌着的苦闷之水
枯败在昔日的孤寂里

但我还是反复推测

梦的意义。它也许另有暗示

它不会是——

而它实际上酷似——
挽歌的一个
隐约的形式

它告诉我
在我无力感知的地方
你和你的名字一起

对 话

我说：你大巧若拙
你说：何谓"大巧若拙"
我说：它是一种很可爱的风格
它比高妙更高妙
你说：……

我禁不住掩口——
你不是泥潭
我却已陷入

那时候，独自垂泪

那时候，独自垂泪
像一种意境消解着我
我告诉死神：
"我情愿融化。"

突然响起敲门声
轻柔的，美妙的
像是天国才有的声音
我的心微微发颤

然而，进来的
却是泥泞的你
你走近我，望着我的脸
样子伤感而茫然

"你怎么了？姑娘——"
完全是人间的语言

边说边把我的头，轻轻

揽在你胸前

——悲悯的神灵和死神作对

她指引你

一次比一次温暖

她指引你给我一颗太阳

太阳，吸收了我心底

全部的泪

正如你喜欢把泪珠

当作珍珠收藏

抒 怀

不需要更多的注释
与整个世界相对而立
我的身体说明我的完整

披着诗意的晨霭夕照
沿曲曲幽径走进纵深处
我的眼睛异常晶莹

会化为一缕温柔的月光
抚慰你辛劳的肩头
会散作一片甘霖
洒向你孤寂的灵魂
相信大地的坎坷并非无期
碧蓝如洗的天空并非梦境

或许，小舟入海
难免遭受风浪

但痛苦不是负担

我超然而矜持
沉默像浓荫一般
广大无边
涵盖了一切

飘忽于脑际的意象

飘忽于脑际的意象

都是威胁

不能承受只求容纳

把自己装进一个陶罐

成为绝妙的诗

用眼泪浇灌自己

用微笑装饰自己

像一株摇动的花树

曾记得全部精神跌倒在

你的氛围里

轻轻地呼唤你的名字温柔你的名字

我以怎样的方式

注释自己啊

当柔软的心无声地碎裂

纤纤愁肠驮着我
一片疼痛的暗红曲折而行

这姿态
成熟了一个孩子
完美了一个女性……

把"您"字去掉"心"

把"您"字去掉"心"
让它们各自回到根部
我这里要树立的是……
啊,是"亲近"

这是一棵大树繁密的树冠
叶片们尖尖的小角相互交叠,触碰
轻风过处,一阵飒飒声
说出人间婆婆妈妈的语言

我要这样浓郁着面对
水和泥土的明和暗
阳光的微笑
空气流动的悠然
还有,还有你
你站在它们的中间

这个世界很简单
驱散浓雾就看见白帆点点
划动双桨就荡起
曙光，一圈又一圈

这个世界很简单啊
简单到
我是女人，而你
恰好是个男子汉

三重房间

第一层，你吻过了

我乐意你采走我的花粉

第二层，不仅仅是轻柔的抚摸

我还在等待着，并意识到

最深处的第三层，那将是

在一阵狂烈的开合之后

你把酿好的蜜存储到里面

你说的是……

你说你会对我好
因为……

前面那半句已够了
为什么又有后面的

颓丧纷披的一株灌木
连根把她拔掉吗

你说的是道义、恩赐
还是怜悯

……但不是爱情

在这样的时候

在这样的时候

我天真，痴迷

差点就要确切地叫出

久已闪现并一直在前面引领我的

那一个的名字：

"爱情……"

这时候，天空阴沉下来

浓云把冷水

聚集在我的头顶

倾泻——

它何尝不是在拯救我！

告诉我：这样的错觉

并不意味着人生的尽头

尽管我已为此丢掉了

我的自持和美好

并使自己蒙羞

我还能把眼睛睁大
看见的是一条死胡同之死
啊，仅仅是一条死胡同之死——

像一根弯曲的绳子
痛苦地抽搐了一下

旅 途

花蕊从一出门就开始了
然后是花瓣：一瓣，两瓣……

难道你一个人的旅途
是个花盆吗
即使它能够把你埋藏于深处的思念
在另外的空气中养大

展开的旅途蜷曲着
当它开得足够圆
足够肥硕和饱满
我听见了它隐隐的呼喊

是的，它需要雨露
它需要月光薄纱一样的抚慰
它需要一句爱的语言

就是这样红着脸枯萎下去的
我怨恨那洁净的呼喊变成了卑微琐屑的文字
我怨恨那黑色的文字像一只只不起眼的小船
在晃如水波的电波中
飘飘摇摇、有去无回的样子……

让上帝告诉它

夜里，一只乡下的羔羊满怀爱情

流浪在城市街头

城市是一头雄狮它浑然不知

置身于雄狮的肚子里它浑然不知

它的脸上渠水一样地淌着泪

不知是仅仅被吸引还是已经被抛弃

它独自体验着陌生的寂静

是眷恋还是怨恨……

让上帝告诉它：

乡下的羔羊啊

不要在城市里巴望城市

更不要在城市里缅怀城市

回到你乡下

低矮简洁的草丛中吧

努力一下！

坚定些，不要迟疑！

忧郁的诗人

你流溢着独特的芳香

胜过百年陈酿

百年陈酿我也曾啜饮

但没有一条捷径

引我向你的深处探寻

我只看见缕缕芳香

来自你深黑色的忧郁

那世间少有的琼浆

带着谜一样的光泽

在幽暗的井中深藏

一侧连着广阔的沙漠

一侧接着肥沃的土壤

我像一只没带绳索的空桶

停留在你的古井旁

我们的距离是一首诗

而阅读

正是上天恩赐给我的功课

我从中享受着愉悦

迷醉并且思索

了不起的诗人啊

你以怎样的胸襟

怎样的精神

包涵了怎样丰盛的苦难时光

那从未到来的

那从未到来的
啊，我看不清你至纯至美的模样

你会背衬蓝天洒下清泉的微笑
洗净我生而为人全部的污垢

是什么阻挡了你
谁让你缓慢，并成为
越来越遥远的负数

隔着高山，隔着瀚海
不，隔着弥天漫地的大雾
也不

隔着人世间没有的风霜雨雪
隔着我今世永远不可能遭遇的
一场洪水

紧紧地，我牵住你柔嫩的手

你宽阔的额头亮在高处

你宽阔的额头亮在高处
可是没有人洞悉我们婚姻的秘密
你思想的美髯一茬茬地生长
也不会被他人特别留意

唯有我享受着其中醇厚的甘甜
当然爱是一颗内核
可是它被风吹透雨淋湿怎么办
它长出可怕的牙齿怎么办
二十年的时间
我们不断地打磨它修葺它
我不能不称赞你是理性的典范

你以金属的刚韧纠正我的任性
又让自己的过失毅然回过头来
消融在敦厚的天性中

我们的房间
拖布清洁着地板
每当矛盾沉入寂静
我们总能从这日常的劳作中
听出朴素的音乐

这样的情形越叠越厚了：
我擦干眼泪回到你的怀抱中
以至于幸福能够将细密的根须
牢牢地扎在里面

孤独的小

我看清了自己
我就是秋天里摇曳的秋草上
那只茕茕孑立的秋虫

当你激愤地说我：全是缺点
我突然释怀了
我站在了我的背面

幽暗使我静下心来
所有的忧伤怨恨
以及种种变形以及
——但你不知道我刚才被遮蔽在核心的快乐
——全都烟消云散

我很小，就是这样小：
突然间——也许永远
恐怕是再也发不出任何悲鸣

缘

为什么我热切的呼唤
也不能阻止你

你那流向天边的泉水
你那溅成一粒一粒的银珠

你不会隐身到我周遭
这枝条上，叶脉间
花蕊的黑处

你让我的苦流不出泪水
让我在大地慈柔的怀抱里
怀着一颗感恩的心

零就是湖泊

零就是湖泊。它的四周是草地

刚刚发生在我们之间的

即使是一场战争

也不怕留下废墟

如果你肯伸出温暖的手

为我揩去柔弱的泪

如果你能越过痛苦

给我一句安慰

那么，一切都会被打扫干净

零的湖泊将带给我们清爽

新的生活就像草地一样

会向四周拓展，并且散发芬芳

越是沉重的时刻，越要请你记得

我的内心正在涌起初恋时的企望

看见你，我就珠泪莹莹

看见你，我就珠泪莹莹

这是我最脆弱之处

首先要得到你的承认

才能重新绽放

像一朵鲜艳的玫瑰

我初衷未改

知道明天应有多少光彩

只要眼睛依然闪烁

何惧生命中包含着死亡

而我忍不住猜摸你心中的指针

企望你再次将我捧在手上

含在口中

我这废墟上崛起的蓓蕾

要你感觉分量

一切始于此又止于此
强烈的自尊在你面前徘徊
究竟为了什么
我不能失去
你大地般的关怀

身为你的妻子

身为你的妻子多么幸福

夏日撑开一方浓荫

寒冬燃起金色的火

女性的温柔淋漓尽致

加之蓝天的博大

土地的纯厚

每每日升月落

我都深情地向你注目

风打霜袭时

我那绵绵的细语

比清新的空气更亲切

我就是你的自然

你的宇宙

你的宠爱

早已将我写意

对着你晶亮的镜子

我一千遍发现了自己

尽管在你叶片的手掌上

我只是一颗娇小的露珠

我的高洁和善良

却可以像涟漪

一圈圈扩大直至时空的尽头

甜 蜜

走出迷津达于真实的境界

我的爱人

我生命的岩洞里

突然亮起神秘之光

恒久的青春饱满异常

一朵待绽的石榴

被你广阔的温情撼动

在你的阳光下灿烂

在你的清溪中明丽

因为接受你

我强化了自己

并以深刻的姿势舒展热血

与你构筑一个世界

再也不需要什么装饰

人间的伤痛霎时熄灭

听！多少天使在歌唱——

朴素的爱情

战胜了一切

宁可让眼泪流成地下河

宁可让眼泪流成地下河

也不要说出"想"，那个嫩绿的词

不要说出"爱"，那个在山巅上积雪的词

要爱就爱你自己，要想就想你来到人世间

最初的哭声吧——

壮大，并完成你自己

无题

一个女人，不要轻易委身于一个男人
哪怕他是王子，哪怕他有无穷的魔力

不要将你的魂，留一些在他那里
如果在以后的岁月里
他不能够常常将你想起

他甚至暗中挑剔你
那是他把一把刀，插在你心里

这一声"哥哥"的辗转

出口之前，我感到害羞
难道有这么亲昵吗
树叶在枝头，波浪在河里
可是眼泪流出来了
内心在吩咐我：
接上第一次，那坚定的称呼
这是第二次，这美好的称呼

它是笼上的一个钩
帮你将往事高高挂起
它是时间在钟表上旋转之后
停在"此刻"的指针
是神赐予你曲折
是痛苦造就了这一声
——它命令你开口

一道云影的遮蔽，让我领悟到广袤的天空

在不必要的忍耐中
你拉长了你的，小小的——

那天你坐在车子里，你要去赴宴
又一天，你带着一群人上山去游玩

虽然我在远方
但你用汽笛、就要到手的杯盘
用登山的步履、微微的喘
一下一下，切割我

就算我给你的清凉的浓阴里有两个灼人的光斑
就算我给你的爱情的河流里有一块生硬的礁石

你故意让我们的约定变成别的
你在轻微的反对之后
强烈地忍耐着——
强烈地冷淡，骄傲，并高贵着——

我向黑夜反复倾吐一个名字

我向黑夜反复倾吐一个名字
让它注满巨大的空白——

群山峥嵘而绵延
海洋晶莹而浩荡

繁星燃烧黑色的天幕
群鸟沸腾冷漠的大地

累积我的功劳我的荣耀
编织我的欢欣我的骄傲

哦，我在这沉沉的孤寂中艰难地奔走
只因将要享受一种报酬

初 春

此时此刻，仿佛梦境使我激动不已

大地露出生机

深情地呼唤我的名字

恍惚间我走进深山，采到仙草

凝视它止不住热泪滴滴

它没有花言巧语

却能把创伤医治

我捧着沉睡中的心

像捧着昏睡的婴儿

仙草煎成药水

像轻柔的小乐曲将伤口抚慰

我的心啊，醒来会明白

什么该接纳

什么该唾弃

2

草叶儿青青，野花儿芬芳

我愿明天的心灵无风无浪

广阔的微笑乃是最深的快慰

像美妙的涟漪轻轻荡漾——

让新柳掠着清风飘飘若舞

让露珠将温情闪烁在路旁

伴着蛐蛐儿如歌的鸣唳

重来这小路上寻觅温柔的诗行

幻想的光芒

能够穿破初春的沉寂

只因敢于包涵沉沉的忧伤

只要一丝绿意透出生命的曙色

还有什么不能使人亮起灯盏

我将满怀激情握住另一轮朝阳

把脚印踩进你的脚印

把脚印踩进你的脚印

影子融入你的影子

我悄然尾随着你

不让你看见我陶醉的模样

你常说我调皮

其实我是朵痴痴的向日葵

早晚含着羞涩的心事

步步都想深入你

空灵处

我灵魂的低语

像一曲高山流水

将悠长的时间打动

你该明白

在你的威仪里

蜿蜒着的

是我的热血

透明的花

我的激情
是五月碧绿的麦浪
在你男性的风中荡漾
你温和而潇洒
令我神清气爽

和你在一起
世界变得单纯、明朗
充满生机
无数星辰闪闪烁烁
窈窕的树枝
轻轻划着优美的弧

我活泼的笑声
越过多年的坎坷
摇成清脆的铃铛
小小船儿自由自在

从一个梦境驶向另一个梦境

也许时光延长
终将你我分为西东
但今夜我是一朵透明的花
黑暗中刻下深深的痕迹

寂 寞

如此寥廓，熄灭了我的火焰

回归的心灵温存着自己

悟觉神的宇宙里全部的秩序

也曾热血澎湃，步履起伏如琴键

晨岚夜霭花香鸟语是装饰也是羁绊啊

如今幻象逝去，歌声随风飘散

是否，当生的星辰刚刚闪亮

即有一座青冢悄悄鼓胀

只待圆熟便将你笼罩

任你胸中多少蓓蕾无以绽放

正如升空的彩球必然坠落

我没有怨言，并且因着

最大限度地接近大地

而淡漠死亡

檐雨

金子从指缝间遗落

往事点点滴滴

敲击着心中阡陌

就那样扭曲了自己

一条曲折的线

将你颠簸

风雨之后

垂下眼帘

听窗外的叹息

悠长而尖锐

粉嫩的花儿顿生褶皱

让我从痛苦中抬起目光

让我从痛苦中抬起目光

注视涂满阳光的世界金碧辉煌

伸出我的双手

掬一份鸟语花香

难以忘掉的

怎能成为重负

既然航程未绝

岂可松开双桨

迷途于你的掌纹

纯情仍将汩汩流淌

耻辱丰美了我的生活

刀光剑影不仅仅闪烁在战场

死是结局

但并非目的

高贵而神秘的微笑

在泪水中粲然开放

孤独的灯

怎能使我惧怕
如此沉重的夜并不陌生

所有的渴望都含着羞涩
所有的幻影都会凋零

然而别无选择
我这被重重岩石围困的一盏灯

寻找一条缝隙
曲曲折折依然表达自己

不为对命运的改变
只为对命运的服从

或许，一切美好如奇迹的光芒
都是在深深的黑暗中上升

豪迈的生活

错误或许是偶然的
但涂改错误乃是错中之错

就让那痛苦
带给你一份孤独
会于宁静之中
拥有过去与未来

一条夹缝透露光明
像是一种诱导
又像一种叮咛

优雅地迈出你的自信
生活立于现在

没有徘徊就没有迂曲
延伸的路
自自然然，潇潇洒洒

仅此应使我欣慰了

仅此应使我欣慰了

有一段时间和空间，让我

与生命结为并蒂之莲

叶片挽着叶片

花瓣挽着花瓣

彼此交换清新的微笑

她如多棱的镜子映照着我

在我宁静的自然里

波动湖光山色

哪管世俗的蛛网

布满每一个角落

我终于明白

所有忧虑都是对自己的盘剥

灵魂本有她完美的歌

诗歌是永恒的火焰

诗歌是永恒的火焰
是黑夜里的心
尽管诗人们时常
"仰天大笑出门去"
或者登上幽州古台
"独怆然而涕下"
而我并不能

我只是将自己
关在黑屋子里
听时光如秋叶般
一片片凋零的声音
听多思多忧的额头
生长苔藓的声音

鲜花也会枯萎
沸水也会结冰

只是仍然记着
那双深邃又深情的眼睛
它凝聚着无数苦难的生命
只要握住自己不让碎裂

必将有疼痛的笔墨
一点一滴
溢出曲折难言的情怀
去报答那份光明

离开自己很远了

歧路
荒草
背上的石头

忧伤
悲泣
几欲反叛

但是："深渊！"
它们恶劣的语言反反复复

三条皱纹
刻上
额头……

我本是……

我本是个流浪者

天那边

火车穿过漆黑的隧道

它的呼啸向着群星

它的双脚

一只是老虎

一只是豹……

苹果树

苹果树上有青青的果，是夏季了

但那时是去年，苹果树刚刚开花，像一种

令人怀疑的微笑，一朵又一朵，闪闪

烁烁。春暖花开了为什么

还有冷雨？阳关道上为什么

塌下很深的窟窿？天旋地转

甚至于，让去年的果实

结到了今年的枝头？

突然的中断。种树的人松土的人

去了。即使秋季

这果实不是让我们吃的

两座心室

时光向上叠加
少女，却不曾离开我
穿过一重重忧郁的林木
溪流更加清澈

风霜早已远去
如今，恬淡找到了我
每当坐在宁静的草地
我便看见了自己的心室
——那两枚熟透的果

少女住在我左边心室
右边，哦，告诉你吧
慈母也已端坐

她们一定是为了完善我
少女，她是我的闺蜜

还有，慈母——

无论白昼或黑夜

她都为我掌舵

角度

站在同学的角度看人生
人生就是十八岁

我不曾失恋，不曾病
不曾在大海上遭遇险浪
不曾在尘俗中感受屈辱
不曾绝望……

今天，当我与我的同学们对酒而歌
当我们挽臂走在冬日的公园
风并不寒冷，而是绿色的
树枝轻轻摇曳着晶莹的雪花
这花胜过红的玫瑰花黄的迎春花

我们回味昨日的少男少女昨日的校园
谈论眼下的天空和各自飞翔的羽翼

我们并非人到中年

是置身于巅峰或核心
我们的笑声，没有遮拦

单独是随时的

那些一想起来就令我泪流满面的人
是我的亲人。我的心尖锐地
疼了一下。无论走在路上
还是坐在车里

孤独是永恒的。
因出嫁而离开父母
如今他们已经年迈
不同的圈子,隔开了妹妹弟弟

而姥姥和姥爷,爷爷和奶奶
已经深埋在黄土里了

而曾经热切眷恋的那个人
他飘忽的影子在远方
他是站在明与灭之间的
一只烟斗。他是

正在化作碎末的梦
尚未醒来

单独是随时的。
在命运的微凉中
我总是深深地
想起风尘仆仆的丈夫
想起孩子。她在玩耍
她在读书——
"她，那么幼小……"

空洞

或许，在我离开人世后你才能懂我
如果那样，也聊慰我心
那么，是多少年，在我走后？
几十年，还是一百年？

但无论如何
我暗暗祝愿自己活得足够长久
也愿你更加长寿
我就暂且忍受了活在人世上的这一个空洞

我相信死亡的效能
它会使一切，包括尘埃
都感到震惊
那时候，你将重新审视我
尽管我已毫无踪影

想到这些我略为欢喜

活着很美，包括空洞！

它以象征者的高姿
刮着冷冽之风
又像一个优雅的铜器
一再将我的心挖得疼痛